EXECRATIONS SVR LE DETESTABLE PARRICIDE.

Traduit du Latin de Nicolas Bovrbon.

Par D. F. Champflovr Clairmontois, Prieur de Sainct Robert de Mont-ferrand en Auuergne.

À PARIS,

Chez Iean Libert, demeurant ruë Sainct Iean de Latran, pres le Collège de Cambray.

M. DC. X.

EXECRATIONS SVR LE DETESTABLE PARRICIDE.

Q VOY Dieux (& puis-je bien sans propos de
blasphéme
Maintenãt abboucher vostre grãdeur supréme)
Quoy Dieux! pouuez-vous voir, sans eslancer vos feux
La terre par deux fois en ces tragiques ieux?
Quoy! pouuez-vous (O Dieux) abandonner la France
Aux furies d'enfer sans faire resistance?
I'ay honte & de mon estre, & de ma nation,
Ores que les Titans, filz de sedition
Démentent leur habit, leur pays, leur nature,
Pour traistres se seruir de nostre couuerture.
Toy doncques France, helas! que seule l'on a veu
Sans monstres autresfois, as des monstres conçeu?
Qui taschent ennemis, & du Ciel, & du monde
Déthroner le grand Dieu de la machine ronde,
Mais ne pouuant d'assaut violenter les Cieux
Ilz se sont attaquez aux pourtraitz precieux

A ij

De la diuinité, & d'vn bras execrable,
(Eternelle infamie, & crime irreparable)
Ilz ont meurtry deux Roys, & la France troublé
Par les cruelz effets d'vn crime redoublé.
Heureux, de nos ayeuls & le siecle, & la vie,
Qui n'a veu ces malheurs dans nostre Monarchie:
Mais malheureux, helas! le François reserué
Pour voir mourir celuy, qui l'auoit conserué.
  Or desia la longueur de deux fois dix années
Auoit mis en oubly les traistres destinées,
Qui presterent main forte au premier attentat,
Desia le feu gregeois, qui consommoit l'Estat,
Embrazoit les Citez, engloutissoit les villes,
Et prenoit aliment de nos guerres ciuiles
Sembloit auoir miné la racine du mal,
Que le Sarmate affreux, & celuy qui brutal
Habite sur le bord du Danubois Meandre
Ne pourroit conceuoir, n'oseroit entreprandre:
Quand Megere en couroux ne respirant que feux
Engendre à l'vniuers vn monstre malheureux,
Et souille du Soleil l'agreable lumiere
Dans l'horrible forfait d'vne dextre meurtriere,
Elle assassine vn Roy lors que le mois d'Amour
Termine triomphant son quatorziesme iour;
Lors que nous preparons & la ville & les Temples
Et que toy, GRAND HENRY, comme en passant
  contemples

Les signes triomphaux d'vne entiere amitié,
Où tu vois les pourtraitz de ta chere moitié,
Ses eloges, son nom, sa genealogie,
Et les diuers honneurs que Paris luy dédie
Mon Roy las! que le sort doit conduire au tombeau
Dans le char triomphant d'vn appareil si beau.
    Les confins reculez de la terre habitable
S'estonneront d'oüyr vn coup si lamentable,
Et la mer où Titan empourpre ses cheuaux,
Et celle où il finit ses iournaliers trauaux
Iugeront desormais les Dieux impitoyables
Pour n'auoir empesché des coups si lamentables.
Quoy! faut-il que le fer & l'enfer enuieux
Nous desrobent ce Roy; qui esgaloit aux Cieux
Le lôs du Lys François? Qui redoutable en guerre,
Et prudent en conseil faisoit trembler la terre?
Qui longuement heureux soubs vn entier bon-heur
Tenoit son peuple en paix & ses voisins en peur?
Quoy! son sacré maintien, sa Maiesté Royale
Les effects apparens de sa clemence esgale,
Voire plus grande encor que celle, qui iadis
Mit Cesar en credit, & son credit en pris
N'ont peu faire fléchir ce monstre impenetrable?
Quoy! la grande concorde, & l'amour admirable
Des François reunis au sceptre de leur Roy.
Les vœux pour sa santé, les Hymnes pour sa foy
Les Peans pour sa gloire, & les Iô de ioye,

A iij

Que le monde François sur les astres enuoye
Pour la prosperité d'vn asseuré repos
N'ont peu faire cesser la rage d'Atropos?
En vain donc ce grand ROY arpentant l'Italie
Aura faict esprouuer sa douceur infinie
Au peuple Sauoyard, & d'vn courage aislé
Heureusement puni le pacte violé?
En vain donc ce Grand Prince aura veu sur sa teste,
Tantost d'vn fort Hyuer, la neigeuse tempeste
Ores d'vn chien ardant l'importune chaleur?
En vain souuentesfois tesmoigné sa valeur
Dans le camp Espagnol où tousiours sa prudence
Des soldats coniurez a dompté l'arrogance?
En vain donc nostre HENRY d'vn bras tousiours
    veinqueur
Aura faict voir aux siens qu'il n'estoit que tout cœur?
En vain donc il aura tant de villes gaignees,
Et faict crousler au pied les crouppes Pyrenees
Si tant d'exploicts guerriers, tant d'heroïques faits
L'ont en guerre gardè pour le trahir en paix?
Et faire qu'au giron de sa chere tutrice,
Au pied de ses Bourgeois, aux yeux de sa Iustice,
Comme vne autre Hecatombe il tombe soubs le fer,
Que Pluton à forgé au plus profond d'enfer?
,,Helas! que la grandeur, qui est au monde enclose
Est subiecte à finir, & choir pour peu de chose
Certes! le Ciel ialoux de l'esperé soulas

Que la France attendoit de son heureux trespas
Si ce grand Roy fust mort au milieu des armées
(Et non par le cousteau des Parques animées)
N'a permis (ô François) que ton malheur prochain
Où d'vn Autheur plus noble, ou d'vn coup pl° humain
Receut allegement, aussi ne pouuoit estre
Celuy qui des soldatz auoit esté le maistre
Et des maistres le chef vaincu traistreusement
Par la main de ceux-là qu'il aymoit cherement.
Mais vn serpent hideux conçeu dans l'enfer mesme
Se glisse par malheur soubs les murs d'Angoulesme,
Et prent d'vn corps humain les mouuemens diuers
Pour malheurer la France, & troubler l'Vniuers.
    Vn incube abusant du ventre de sa mere
Fraya dedans son flanc en façon de Vipere,
Et d'vn soufle infernal, d'vn sifle Serpentin
Forma le corps maudit de cet affreux Lutin
Au pays Angoulmois, dans vne maisonnette,
Où le crime, & le mal auoient fait leur retraitte,
D'où le Ciel irrité retirant sa douceur,
Le monde son secours, la terre sa faueur.
La sale puanteur, que le captif supporte,
Et la faim enragée assiegerent la porte.
Deslors on n'a veu croistre en ceste orde maison
Que crime, que forfait, que peste, que poison,
Et les plus innocens de ceste race infame
Ont souillé leur renom, prostitué leur âme,

Prodigué leur honneur à toute cruauté,
Et terminé le iour de leur fatalité,
Où deſſus vn gibet ; ou la rouë inhumaine
A fini la douleur de leur derniere peine :
Son frere ſon ayeul, & ſes cruelles ſœurs
N'ont engendré depuis que meurtres, & malheurs.
On voit l'ayeul banny de ſa terre natale ;
Le frere brigander ; & la ſœur deſloyale
Meſlanger l'Aconit pour perdre l'innocent.
Mais ce cruel Dragon ſon eſtre deſguiſant,
Soubs le nom emprunté d'vn miſerable pere
Détrouſſe au coin d'vn bois la trouppe paſſagere,
Et fait paroiſtre à tous qu'vn Demon inhumain
Abuſant de ſa mere eſlança dans ſon ſein
Le malheureux poiſon de ſa ſemence impure,
Pour luy former vn corps & le mettre en nature.
Croiſſant donc en forfaits il menace les Cieux
D'vn crime non oüy, d'vn coup prodigieux,
D'vn horrible attentat, que les ſaiſons paſſees
N'euſſent peu digerer en vn monde d'annæes,
Et qui doit faire vn iour à nos triſtes neueux
Eſleuer le ſourcil, heriſſer les cheueux.
Il le couue en ſon cœur, & parlant à ſoy-meſme
Vomit & reuomit ces propos de blaſphéme.

    I'ay deſia ſans honneur perdu mes ieunes ans
Dans des crimes communs, vendu les Innocens,
Corrompu par argent porté faux teſmoignage,

Les pauures affligé, soüillé dans le carnage
Ma carnaciere main. I'ay plein de cruauté
Dans le sein innocent mon glaiue ensanglanté
I'ay d'vn front desguisé masqué mon iniustice,
Et fuyant les rigueurs d'vne saine Iustice
Soubs l'habit emprunté de la Religion
Violé les decrets d'vne saincte Vnion.

Ces maux ne sont que ieux, & toute forfaiture
N'a serui que d'essay à ma fiere nature.

C'est peu de cas de choir en vn crime congneu,
Et d'vn priué desastre auoir le cœur repeu.
Mon bras est trop puissant, ma puissance trop grande,
Pour contenter Pluton de si petite offrande.
Hé! que seruiroit-il qu'vn Diable m'eust reçeu,
Dans les flancs maternels où il m'auoit conçeu,
Et que sortant, maudit, d'vne impure matrice
La furie d'Enfer m'eust serui de nourrice?
Hé! que seruiroit-il de me voir destiné,
Au malheur de la France auant que d'estre né,
Si ores ie ne rends ma cruauté publicque,
Et ne mets resolu, mon pouuoir en praticque.
La paix regne par tout, & les cœurs desunis,
Soubz la santé du Roy sont maintenant vnis,
Les Lys sont adorez de la terre voisine,
Et font voir la vertu de leur noble racine,
Soit où Titan lassé fait son moite seiour,
Soit d'où sortant du lict il rameine le iour

B

Ia le peuple raui se dispose, & s'appreste
Pour celebrer le iour d'vne Royale feste,
Et couronner sa Reyne au Temple preparé,
Elle dessus vn Char Royalement paré
Le visage serain, & la face ioyeuse
Parmy les cris gaillards d'vne trouppe nombreuse
Doit marcher en triomphe aupres de ses trois fis,
Que Naples, la Sicile, & le noble païs
(Que le fleuue du Po suiuy de cent riuieres,
Lors qu'il paye son fief aux ondes marinieres,)
Abbreuue de ses flots, veulent auoir pour Rois
Fléchissants soubs le ioug de leurs Royales lois
Grands Roys! qui redoutez aux terres Hesperides,
Et plus que trois Hectors, & plus que trois Alcides
Estonneront l'Espagne, & reduiront au Lys
Les peuples reuoltez. les voisins ennemis.
Mais quoy? La Paix m'ennuye, & mon impatience
Me fait auoir horreur du repos de la France,
Lassé de voir le Lys si long-temps triompher
Ie iure par le nom des riuieres d'Enfer,
Que bien tost on verra reduite en vn pauure estre
La candeur des François, la grandeur de leur Maistre.
Ie feray que Pluton bataille forcené
Pour soulager la peur du peuple basanné.
Il n'eut pas dit ces mots, que soudain il varie
Se sentant agité d'vne extresme furie.
Lors les Parques d'Enfer maistrisant ses desseins

Luy firent embraſſer les actes inhumains
Qu'il auoit proiectez. Deſlors hors de ſoy-meſme
Chancelant, furibond, forcené, triſte, bleſme,
Il ne prend iour & nuict ny repos ny repas,
Ains roulant dans ſon cœur vn funeſte trépas
Il va, vint & reuint, tourne change rechange
D'heure en heure de lieu, non viſte comme vn Ange,
Ains comme la couleuure enflee de venin,
De ſa queuë empeſtee & de ſon col mutin
Faict cent plis & replis, & infecte farouche
De ſon fiel eſcumeux les herbes qu'elle touche;
Ainſi ce malheureux d'vn marcher Serpentin
Par les ſentiers tortus de l'incongnu chemin
Se meut inceſſamment, & rempent deteſtable
Empeſte de ſon fiel les lieux où il s'eſtable.
Les furies d'enfer le ſuiuent nuict & iour
Soit qu'il roule ſon corps, ſoit qu'il face ſeiour:
Il remplit tout d'horreur, & les nocturnes ombres
Faiſant bruire leur fer dans les tenebres ſombres,
Ont fait croire ſouuent à l'hoſte eſpouuanté
Que ſon logis eſtoit des Demons habité:
Bien ſouuent on a veu ce fils de Theſiphone
Tendre ſur le pont-neuf ſa main pour vne aumoſne
Bien ſouuent on l'a veu ſoubs des triſtes lambeaux
Couurir la cruauté de ſes crimes nouueaux,
Et cacher les malheurs d'vn coup irreparable
Soubs le traiſtre couuert d'vn manteau miſerable.

B ij

Souuent il est entré dans le Palais d'honneur
Où loge de nos Roys la superbe grandeur,
Il a trompé cent fois les Gardes à l'entree
Coupable par cent fois d'vne mort meritee
Si le bras des soldats visiblement charmé
Dessous vn faux semblant ne se fust desarmé,
Car desia de ses yeux les flamboyants indices
Monstroient couuertement ses traistres artifices,
Et faisoient voir à tous soubs vn crime conçeu
Le coup prodigieux que la France à reçeu.

   Va peste de l'Enfer, va l'horreur de la France,
Sort de nostre climat infernale semence,
Pour te rendre à iamais aux antres tenebreux
Où l'on ne sent que maux, où l'on ne voit que feux
Mais non : Deuant il faut que les humains supplices,
Condamnent à la mort tes cruels malefices,
Et que le peuple encor' iustement irrité
Punisse les excez de ta desloyauté,
Il faut qu'à nos douleurs ton trespas satisface
Et qu'vne iuste mort nos desastres efface,
Supplices trop legers pour punir tes malheurs !
Et soulas trop petit pour essuyer nos pleurs !
   Que cette impure main, qui d'vn coup execrable
Abbatit la grandeur d'vn Prince incomparable
Dans le feu petillant, & de soufre, & de poix,
Distille à petit feu. Que le peuple François
Voye soubz le fer chaud d'vne tenaille ardente

Cricquér la traistre peau de ta cuisse flambante,
Que l'huille bouillonnant auec le plomb fondu
Soit sur ton corps ouuert lentement respandu.
Et que quatre cheuaux tirent impitoyables,
Et brisent forcenez tes membres execrables.
Que ton àme esperduë escume dans ton corps.
Que tes vitaux esprits demi-vifs demi morts
Bataillent longuement pour sortir de leur place.
Que ton corps despessé, fatigue, arreste, lasse,
Les Bourreaux trop humains. Que Paris assemblé
Maudisse les effets de ton esprit troublé.
Que le peuple offensè traine parmy la ruë
Tes ossements sanglants, & ta cuisse rompuë.
Qu'il laisse en se vengeant à la posterité
Vne puante odeur de ta meschanceté.
Qu'il deteste ta vie, & qu'il se trouue encore
Vn habitant bruslè de la contree More,
Qui nourry dans la France engloutisse goulu
Les membres depessez de ton corps vermoulu,
Et apres tant de maux que la noire infamie,
Volant autour des lieux d'où tu tenois la vie
Extermine ta race ; & qu'vn arrest vengeur
Abolissant ton nom venge nostre malheur.

F I N.